KB073784

틈사이에서
하는말言

틈사이에서
하는말

ⓒ 박병일, 2023

초판 1쇄 발행 2023년 8월 14일

지은이   박병일
펴낸이   이기봉
편집   좋은땅 편집팀
펴낸곳   도서출판 좋은땅
주소   서울특별시 마포구 양화로12길 26 지월드빌딩 (서교동 395-7)
전화   02)374-8616~7
팩스   02)374-8614
이메일   gworldbook@naver.com
홈페이지   www.g-world.co.kr

ISBN   979-11-388-2183-4 (03810)

틈 사이에서 하는 말言

박병일 시집

좋은땅

시인의 말

하늘과 땅이라는 세상 틈에서 네 번째 시집 틈 사이에서 하는 말
들을 펼친다.
그냥 편하게 님들의 가슴에 안겨 읽혀지기를 바라는 이내 생활 일
기다.
그리고 혹 이 시집의 시편들로 하여금 님들의 마음에 위로가 된다
거나 또 고뇌에 찬 슬픈 눈물이 큰 기쁨으로 가득 찬 진주알 눈물
로 바뀔 수 있게 한다면 더더욱 이내 마음은 좋아서 어쩔 줄 모르
겠다.

2023년 8월에
영덕 자택에서 박병일

차례

틈 사이에서 하는 말틈

틈
이보다 더 아름다운 표현의 말
또 있으랴 싶다
이만큼 살아 뱉어내는 숨소리
스스로 뜨겁게 만족할 줄 알며
맨몸으로 태어나 맨몸으로 떠날 줄 아는
이 좋은 곳에서 살고 있으니
그래서 허한 마음의 공간이 메꿔지고 채워지고
아름답게 만들어지고 있으니
세상 필연의 궁합이 있는 공간에서
바람, 물, 공기, 사랑과 만족으로
행복한 화욕의 불 지피며 살고 있으니
비록 태어날 때는 울고 태어났더라도
죽을 때는 후회 없이 잘 살았더라고
웃고 죽어야겠다는 비밀 한 가지쯤
지킬 수 있는 삶을 알게 했으니
좋다마다 참말로 나는 좋다마다
인생, 삶, 사랑 공간 이생과 저생 사이

여기

틈

계란 후라이 꽃

계란 후라이를 해 놓은 것처럼
가운데는 노랗고 주변은 하얀 꽃들
그래서 계란 후라이 꽃이라고
저들끼리 좋아하는 표현을
향기로 말하는 것 쫌 봐
사랑한다는 말을 몸짓으로 하면서
가시 없는 이 파리로 보드랍게
서로 끌어안으며
하르르 넘어지기도 하는 것 쫌 봐
바람에 야릇하게 흔들리며
온 천지 사방으로 저리 피어서는
이쁘게 이쁘게만 보이는
어허 망할 놈의 개망초라고
뜨거운 내 속은 하나도 모르는

미워서 미운 만큼 이쁜 꽃
계란 후라이 꽃

---

* 계란 후라이 꽃(계란 꽃): 본 이름은 개망초, 북아메리카 원산지로 두해살이
  잡초.

엄마
—아부지 커피값—

여든넷의 엄마는 오늘도 폰을 열고
돌아가신 아버지의 증명사진 뒤로
돈을 끼워 넣어 두신다

"왜 그기 돈을 끼우냐"고 물었더니
"오늘 쓸 너그 아부지 커피값이다"라고 하시며…

생전에 커피를 좋아하셔서 힘든 일과를 마친 저녁이면
가끔 친구들 만난다는 핑계 삼아
동네 다방에 마실 나가시던 그 아버지의 아내인 엄마가
꼬깃꼬깃 접어 넣는 돈 5만 원을 내게 보여 주시며…

부부란 그런 관계였을까
커피를 좋아하시던 당신이 지난해 하늘 먼저 떠나시고
홀로 한없이 그리운 빈자리라 생각나시는가 보다
지지고 볶으며 아등바등 아들딸 키우며
한평생 같이 살아왔던 이생에 인연이었다고…

엄마는 오늘도 집 앞 하늘을 쳐다보며
"배운 거 없어 아무것도 모르는 날 두고 갔다"며
먼저 세상 떠난 당신을 그리워 눈을 비비신다

눈雪이 내리네요

여보!
눈雪이 내리네요
처음 당신을 만났던 날이 생각나구려

그날 연緣으로 우린 동행하는
아름다운 사람들이 됐지요
세상 좋은 사랑지기로
남들이 말하길 천상배필이라 하구요

여보!
창밖 온 천지가 하얗구려
우리 둘이 뒹굴며 좋아라하던
포근한 신혼여행지 첫날밤
이부자리 같지요

짓궂은 함재비 친구들과
당신을 만나러 갔던 그날처럼
펑펑 눈이 내리네요

함 들어오는 날 눈 내리면
부자로 잘산다고
다들 축복해 주시던 그날처럼요

하 그렇네요
오늘 내가 더더욱 미안하게
웬 눈雪이 이리도 많이도 내리는지요

내 복福에 팔자련가 싶다가도
당신을 왜 고생만 시키고 있을까라는
그런 자책감도 듭니다

압니다 다 이 사람 능력이
못나서 부족한 탓입니다
여태 말없이 잘 참으며 살아 주고 있으니
고맙기만 하구요

그래요 빈말 같지만
내 당신을 호강시켜 주겠다는
그 말은 진정코 평생토록 유효합니다
그리 알고 조금만 더…

여보! 오늘 우리 잘살 거라는
그날처럼 함박눈이 펑펑 내리네요
나, 당신을 사랑합니다

고물 세탁기

시집올 때 해 온 30년도 넘게 쓴 세탁기라
날더러 들어 보라고 고물고물 소리를 낸다
접선 불량인지 어찌 두들기다 보면
용케 돌아가는 세탁기
우 쾅쾅 탁탁
또 손바닥으로 접선이 잘 안된다고
냅다 두들기는 소리다
마누라에게 잘해 준 날보다 못해 준 날이 더 많은
내 미안한 지나온 삶의 날들을 반추해 내는 세탁기
오늘도 고물고물고물 모터는 마지못해 돌아가며
새것으로 바꿔 달라고 투덜투덜투덜거린다
허허 참

아가야
―준석이 첫돌에―

산통 찐하게
보듬어 안은 인연이라
맑은 눈
햇솜 털 뽀얗게
살결 어이 이리도 이쁘냐
티끌 없는 하늘처럼
고운 볼에 웃는 모습
숨소리까지 곱구나
꽃바람 풀 바람
따뜻한 날에
우윳빛 웃음이야
무지 곱기도 하여라
아가야
햇살 맑은 오늘처럼
그래 넌 앞으로
고운 꿈만 꾸거라
매일매일

짠하다, 마누라

마누라가 새치 머리를 감추고 세월도 속여 볼 요량으로
머리에 염색을 하고 왔다며 조금 전 자랑을 했었다
간만에 미용실에서 싼 파마까지 했다고 좋아하더니
금세 베개를 끌어 잡고 내 옆에서 곤히 잠들었다
돌아서면 금세 희끗희끗해지는 염색 머리 씻고 헹구느라
세월 뱃살도 같이 접혀서 굵게 물 나이테로 일렁거렸을 텐데
몇 번이고 파마 잘 나왔냐고 좋아서 내게 묻는가 싶더니
삐쳤는가 돌아보니 어느새 잠이 들었다, 짠하다 마누라

오드리 헵번
—사진작가 정미향 사진에서—

세기의 섹시 여배우 오드리 헵번이
순수 톤 옷차림의 모습으로 다소곳 앉아 있다
그 옆으로 빨간색 콧대 높은 구두 한 컬레가 보이고
유리창엔 신용카드 스티커가 나 보란 듯 붙어 있다

여름 무더위 찐다
비좁은 공간에 앉아 있는 오드리 헵번이 측은해 보인다
갖고 싶어 하는 것 모두 빤히 보이면서도 가지지 못하는
어느새 아줌마 눈빛, 대략 참느라 애쓰는 안색이다

빨간 구두와 신용카드는 여전히 유혹적이다
하지만 오드리 헵번은 이미 쇼핑을 않기로 한 표정이다

한때 화려했던 앳된 처녀 시절의 미소를 입 다문 채로
미안하리만큼 소박한 아내의 얼굴이다, 나 보란 듯 붙어 있다

* 오드리 헵번(1929년~1993년)은 벨기에 태생 영국의 배우이자 인도주의자
이다. 헵번은 〈로마의 휴일〉(1953)을 통해 아카데미 여우주연상을 수상했다.

원이 엄마의 편지를 다시 읽다

보서요
병술 유월 초하룻날 집에서 편지를 씁니다
넋 놓고 혼 다 빠져 울지 않으려 이를 악물고 있어도
이리 눈물이 납니다
당신 날더러 "둘이 머리 세도록 살다가 함께 죽자" 하셨지요
미투리 한 번 신어 보지도 못하고 깨워도 흔들어도 눈 뜨질 않으
시면서

"여보, 다른 사람들도 우리처럼 서로 어여삐 여기고 사랑할까요?
남들도 정말 우리 같을까요?"
참 그리도 사랑하면서 행복했었는데
왜 이 내 속은 어디다가 두고 혼자 가신다고 하십니까?
날더러 자식들 데리고 살라 하고선 그리 떠나가신다 하십니까?

당신 내가 죽어서도 못 보냅니다
내 배 속 우리 자식 태어나면 한 백 년은 더 世世生生 으스러지도록
우리 사랑 꺼안고 살아야 할 것 아닙니까?

원이 아버지

할 말 진짜 많아 다 못 씁니다

이 편지 읽으시고 내 꿈에 나타나 뭐라고 말 좀 하셔야 합니다

꿈에 당신 꼭 보리라 믿고 믿습니다

내 당신을 너무 사랑하기에

* 시작 노트: 지난 1998년 안동시 정상동 택지개발지구에서 발견된 400여 년
  전 조선시대의 망자 고성 이씨 이응태(1556~1586년)의 무덤 속에서는 그의
  아내(원이 엄마)가 남편에게 미투리와 함께 '원이 아버지에게'라는 편지를 남
  겼다.

꼴랑

아내에게
쥐꼬리 월급봉투를 내밀 때마다
늘 미안하지

시집와 맡긴 삶살이라고
세상살이 같은 물감으로
묵묵히 따라 주고 있으니

"병이나 그릇에 거의 가득 찬 물소리를
꼴랑이라 합니다"라고
내 편이 말할 때마다 늘 미안하지

내미는 꼴랑 월급을
"한 달 고생 했습니다"라고
말없이 받아 주는 아내에게 늘 미안하지

나는 꼴랑인데
아내는 가득 찬 행복이라 해 주니
늘 미안하지

코로나19

코로나19
사자死者의 부름 같은 것이
옴팡 침으로 튀어 옮기는데
바람도 한몫하는 공범이라네
이유, 변명, 변론도 필요 없이
연일 방송은 되도록 외출을 삼가란다
외출 시 마스크를 꼭 하고 다니라고
신신당부한다
그래서 사람들은 입과 코로 숨 쉬기 곤란하다고
아우성이다
사람들은 그래도 죽지 않으려면
마스크를 꼭 쓰고 다니자고 서로 경계의 눈치다
코로나 숨 못 쉬면 입으로나 숨 쉬어야 하는데
코도 입도 마스크로 가린 채
벌써 몇 년째 이 난리니
바깥 콧바람 못 쐬고 이러다 병 생기겠다며
낮에 우울증 이야기하던
박 씨네 문 닫힌 구멍가게 간판 위로

빗줄기 캄캄히 빗금 치고 있다
아무래도 종일終日 나오지 못한
해와 달은
지금 자가 격리自家隔離 중인 모양이다

봉정사 패랭이꽃 무리

봉정사 대웅전 댓돌 오르다
처마 끝 패랭이꽃 무리더러
부처님 안에 계시냐고 물었더니
나지막이 날 올려 보고 있던
패랭이꽃 무리 말
무시무종無始無終이고
심즉시불心卽是佛이니
그대 주먹을 펴고 또 쥐어 봐요
그 손 누구 손입니까
잠시 조금씩 달리 보였을 뿐
여전히 손의 주인은 본인입니다
그렇지요
그대 손으로 법당 문 열어 보고
부처님 계신다고 생각하면 계시고
그대님이 아니 계신다고 생각하면
아니 계시는 것이지요
그리고는
빙그레 웃으며 법당 문 가리키던

그날 그 패랭이꽃 무리들
아! 나는 정중히 합장했어야 했었는데
그때 생불生佛이었음을 눈치챘더라면

* 봉정사: 경북 안동시 서후면 천등산(天燈山)에 있는 사찰

배꼽

그 깊은 우물 속을 은밀히 들여다본다
최초의 목숨 열림이 있던 신비한 좁은 문
비밀스런 사랑 자리이다

두레박으로 퍼 올리면 될 성싶은 물 샘 같기도 하고
뜨겁게 달아서 넘치는 불 화산 분화구 같기도 하다

질곡의 세월 흔적 따라 삶의 숨소리가 낀 자리
함부로 말하지 못할 천기누설을 숨겨 둔 곳이다

생명, 그 깊은 중심 자리
나는 나의 우물 속으로 빠져들어 숨소리 듣는다
탯줄로 이어 온 그 깊은 연連의 배꼽을 본다

구두

낡은 구두 밑창으로
오늘 분주하게 만났던 흙들이 묻어 있다
출근을 서둘며 신었던 구두가 집으로 돌아왔다
주름 접힌 중년의 얼굴 하나 구두 위에서 오버랩 된다
찰나!
사람이 태어나 살고 살다가 눈감는다는 것이
또 무엇인지 궁금해하는 사람에게로
인생 삶 등등 무수한 생각들이 떼거리로 달겨든다
중년의 家長인 내가 보인다

빙하기 氷河期

이장요? 우리 아 취직시킬 때 좀 알아봐 주소 속이 사아 죽겠니더
촌에서 있는 거 없는 거 다 끌거모다가 에럽게 대학까중 시켜 났
더마는 직장도 못 구하고 아즈까중 저러고 댕기네요 요전 앞새는
술 마시고 자빠져 다리 뿔가 갔고 병원에도 안 댕기왔닝교 쟈가
저러다 돌아 뿔까 봐 걱정이시더 군대 갔다 오믄 취직해 까꼬 장
가가서 지 새끼 키우메 소고기나 도근 사 들고 묵자고 찾아올 줄
알았더마는 개코로 나이 사십이 다 돼 가도록 저러고 있으이 걱정
이시더 촌에서 이장 맨치로 농사나 지어 보라카이 그건 싫타카고
공무원 시험 친다 해싸코 있더 이장요? 공무원질 하는 거도 아
무나 하능교 시븐 일 아이제요? 그 에러븐 심 말로 칠라카는지 그
냥 돈이나 벌고 했으믄 좋겠끄마는 글코사나 공무원질도 잘해야
지 욕 안 얻어먹지 누구맹키로 벌건 대낮에 술 퍼마시고 얼굴 벌
기가꼬 방에 들 누브따가 퇴근 시간 다 됐서 저그 집구석에서 기
나가는 저 뭐꼬 이름도 깜박하네 갸 말시더 우리 옆집에 여시 가
튼 여편네 하고 애인이니 뭐니 해싸가매 살짝살짝 만나고 돌아댕
기며 지랄한다는 소문 있는 갸 이름이 뭐꼬 갑자기 생각이 안 나
네 혹시 이장은 갸하고는 같이 술 마시고 안 댕겼닝교? 그래 이장
은 그럴 사람도 아이고 그럴 택이 없제 아! 내 정신 좀 보래 우리

아 말시더 우예든도 마음잡거로 이장요 힘 좀 함 써 봐 주소 그라
머 낭중에 그 은혜는 내가 잊어뿔지 않으 텔께네 우예든도 우리
아 취직자리 좀 알아봐 주소 예 이장요? 꼭 부탁 함 드리니데

도깨비바늘 鬼針草

들길 걷다가 집에 돌아왔는데
옷 바짓가랑이에 도깨비바늘이 몰래 따라왔었어
애절하게도 붙어 따라온 말라깽이 뾰족한 침
손으로 하나씩 떼어 내면서 생각했었지
전생에 나의 각시나 서방님였었나
아버지, 엄마, 할배, 할매였었나
아득히 그 먼 전생에 가까운 친지, 친척였었나
님이라 그리움을 받았거나
혹은 그리워했을지 모를 그 어떤 사랑였었나
오늘 나에게 오기까지는
그 기막힌 어떤 인연이 분명 있었겠다 싶은
예사롭지 않은 업 겁業 劫의 정 같은 것을 느끼며
촘촘히 붙어서 집까지 동행한 걸음을
나는 귀찮음도 말없이 하나 두울 곱게 떼어서는
바람에 다시 날려 보냈어
또 이다음에 어디서 어떻게 연이 닿아서 만날는지 모를
인연의 꽃 씨앗이라고

.

개어귀에서

사라지고 없다
그때 흐르던 강물은
발가벗고 도리깨질 은어 잡아서
벌겋게 고추장 반 국수 반 끓여 배 불룩 먹고는
땡볕 살 얼굴 새까맣게 등짝 허물 다 벗겨지도록
어머니 젖무덤인 양 누워 잠들곤 하던 때…
손 매끄럽게도 잘도 빠져나가던 은어를
초장에 꾹 찍어 입으로 넘기면
그 은비늘 향이 일렁거리며 목살을 치던
아! 바람결 나이테로 기억되는 그때 그 강이…
어느 땐가부터
맑은 물 나이테가 뚝뚝 끊기고
속살 아프다는 굽은 해 그림자가 생목기침으로
자꾸 강 주위로 맴돌아 다니더만…
글쎄, 그 이후로
말라 버린 강이 낭패다

차, 폐차장으로 보내며

차, 가기 싫어하는 몸짓이구나

어릴 적 우연히 본 도살장에서
눈물을 흘리며
죽기 싫어하던 늙은 소의 몸짓이구나

유턴할 수 없는 폐차처분 결정
아! 잔인하구나

차, 오던 길을 되돌아가자며 눈물 흘리던
꼭 그때 늙은 소의 체념한 듯 눈빛이구나

만났다가 정들었다가 헤어진다는 것이
사람과 별반 다름없으니 참말 미안하구나

그동안 나는 눈물 나도록 사랑했었다만
이것이 만남이고 헤어짐이라는 것이구나
너의 눈물을 더는 닦아 줄 수 없는 인연이구나

잘 가라 행복했다 나의 愛馬여

알바트로스
―크리스 조던의 사진을 보고―

알바트로스는 죽었다

배 속에 플라스틱을 가득 채운 새
그 참 충격적이다
먹는 것인 줄 알고 삼키고는 말 없다
새 떠나며 얼마나 욕했을까 무섭다

어미 새들은 또 플라스틱 조각들을
새끼들에게 게워 먹인다
새끼들은 플라스틱 밥맛을 모른다
얼마 후 어미처럼 죽는다는 사실도…

소화되지 않는 슬픔이다

* 크리스 조던Chris Jordan: 미국 사진작가, 다큐멘터리 감독.

위험한 낚시터

눈썹을 치켜세우며 쳐다보고는 있지
맥없이 앉아 피라미 한 마리도 잡지 못하고 있었다
느껴져 오는 촉감의 신호처럼 찌의 반응은 잠잠하고
몇 번 입질에 잘못 걸려 본 고기들은
이미 수법을 챈 듯 낚싯대 근처로 얼씬도 않는다
얼마쯤 꽤 시간이 흘렀을까…
옆자리에 자리했던 형님뻘 낚시꾼이 슬그머니 웃더니
실루엣이 깔린 폰 사진 한 장을 내게 내민다
진동으로 날아온 메시지 그기엔 "오빠 나랑 놀자"면서
젊은 아가씨가 야하게도 배시시 웃고 있다
고기 대신 되레 날더러 물려 달라는 찌의 유혹이다
같이 웃어 주며 거절할 수밖에는…
잡히라는 고기는 안 잡히고 내가 대신 잡힐 뻔했던
위험한 낚시터엔 그날 그 이후로는 다신 가지 않았다

카(차)센터에 갔더니

카(차)센터에 갔더니 주인이라는 젊은 사람이 나와서는
안녕하세요 어서 오십시요 말을 끝내자마자 대뜸
차와 나를 번갈아 훑어보고는 빨리 와서 천만다행이라 하네
조금만 더 있었으면 엔진 기름이 줄줄 오줌으로 내리고
차가 치매 걸린 사람 마냥 원하지도 않는 길을
제멋대로 가는 위험한 일 생길 수 있었다고 말하네
수술대 위에 차를 해부해 놓고 하는 말인즉
몸통 엔진 부분부터 중요한 장기인 배선 노즐이 노화됐고
눈이 침침하고 옆 문짝인 팔다리 쪽이 삐걱거리고
다리 무릎부터 바퀴 발까지 모두 시원찮다네
한마디로 중병 상태로 앓고 있어 지금 안 왔으면
그저께 길바닥에 뒹굴어져 영안실로 간 차처럼 될 수 있었다네
그러니 평소 보험도 잘 챙기고 보약도 수시로 챙겨 먹이며
몸 관리 잘하라네 내 딴엔 아직 쓸 만한 마음 한창인데도…
비위 상하는 이야기 들으며 내심 쓸쓸하기까지 해서
주인 사장 말 듣는 둥 마는 둥 고개만 끄덕이긴 했지만
가만 생각하니 그 말도 구구절절 맞는 듯해 마음 불안불안
이 길로 종합 진단부터 받아 보러 가야지 싶을 정도로

카(차)센터에 갔더니 아 글쎄 나도 차도 중고 취급받는 느낌
이것 뭐지 아직 나이 한창이라 생각 드는데 말이야

낙엽이

니
왜 떨어지노 물으니
대답을 않네

니
왜 떨어지노 물으니
아무 말이 없네

니
왜 떨어지노 물으니
빙긋이 웃기만 하네
낙
 엽
  이

헤윰

가끔 이런 생각해 본다
내 마음의 별장 하나 있었으면 좋겠다
몰래 돌아와 조용히 쉬고 싶은
그래서 타래 치는 험한 세상 보지 않고 쉴 수 있고
간혹 좋아하는 차 한 잔 들며
꿈같은 휴식에 취해 쉴 수 있고
일체 바깥소식이 전혀 궁금하지 않은 곳
가끔씩 힘힘히 구름발치 쳐다보며
혼자 글이나 쓰며 술이라도 마실 수 있는
아 정말로 그런 곳이면 좋겠다고
그대 포근한 가슴속 같은

가지 꽃

밭고랑 사이로 핀 파란 가지 꽃을 보니
그 아이가 생각난다

빗방울이 후두둑 가지 꽃을 적시던 날 밤
아이는 묵은 가마때기로 둘둘 말린 채
허름한 나무 지게에 얹혀서 앞산으로 떠갔지

파란 얼굴색 내내 홍역의 열병을 앓다가
간다는 소리 없이 싸늘히 그리 떠나갔음에
나는 사랑했다는 말 한마디 미처 나누지 못했다

뚫어지고 해진 문풍지 사이로 비 내리던 날 밤을
오늘 이렇듯 생각하게 될 줄 꿈에도 몰랐던 나는
뒷들 가지 꽃이랑 종일 말없이 비에 젖고 있었지

다시 쪼그려 앉아 파란 가지 꽃을 보니
세상 잠시 왔다가 떠난 슬픈 내 동생이 있었다

가지 꽃

그날처럼 빗물에 젖어 파랗다

밥 한번 먹자 했는데

어디고?
서울 왔다

서울은 왜?
병원에

어디 아파서?
으 그래 뭐 안 좋다네

그래 내려오면 한잔하자?
술은 마시지 말라 하니 밥이나 한 끼 하자

그래 내려오면 밥 한번 먹자?
응 내려가서 보자

그랬었는데…

없네 가고 없네

다니던 직장 찾아갔더니
그사이 하늘나라 가고 없네
바쁜 핑계로 차일피일 미뤘더니
그 사람이 그 좋은 사람이… 글쎄
밥 한번 먹자 했는데

대화
—TV를 보다가—

야야 저게 무슨 말이고
예 아부지 게놈 프로젝트라 하네요

야야 그게 뭔데?
예 노벨상 후보감이라네요

야야 아휴 답답하네 그러니까 개놈이 뭐냐고
아버지요 개놈이 아니라 게놈이라네요

야야 그러니까 그게 뭐냐고
저하고 똑같은 인간이 복제돼 태어나고
아버지와 똑같은 아버지가 다시 태어나고
억지로 아이 낳지 않고 사랑 없이도 인간을 복제해 만들고
돈만 있으면 영원히 죽지 않는 사람도 있고 하여튼 머리 복잡한
그런 세상 온다네요

뭐라 하노 야가 개놈이라니
아버지요 개놈이 아니라 게놈이라 하네요

그게 그것이지 뭐

아뇨 아버지요 노벨상 후보감이라네요

커피를 마시다가

커피 잔 속에서 낡은 수첩 같은 오래된 강물을 내려 본다

세월이 시침으로 저만치 강물 위 흘러간 자리
잔 속 출렁이는 유년의 비늘처럼 보고 있다

고개 드는 추억의 발자국들 흔적들
모두 솔솔 살아 피어 흐르고 있음을 본다

유년 시절 세발자전거 페달을 돌리며
바쁘게 살아온 얼굴 하나가
중년이란 커피 잔 속으로 풍덩 빠져 있다

더러는 불러도 대답 없던 이름들도
따스히 곁에 다가와 머물러 있음을 안다

강어귀 바람 한 줌이 커피 잔 속으로 들어온 날 저녁 무렵
중년이란 조금은 쓸쓸하고 허허로운 초상 하나가 강물을 내려 보
고 있다

53

전공電工을 보면서

하늘 고공을 가로지르는 외줄 고압선에
꿈틀거리는 점點 하나로
전공電工이 대롱 매달려 있다

인간 세상 삶살이
저처럼 죽을힘을 다해
저처럼 목숨 걸고 살아가야 하는 것이다

우리 산다는 것이 저처럼 줄을 타며
목숨을 하늘에다 저당 잡힌 채
하루하루는 살얼음판 외줄 위를 타고 있는 것이다

바라볼수록 소름 돋아 아찔하다
만만찮은 높이에서 느껴지는 아슬아슬함
아! 저 모습이 우리 세상 사는 사람들의 모습인 것이다

옳거니 목숨 걸고 죽을힘을 다해 살아가는 게
세상 삶살이라는 것이구나 싶은 게

또 한 수 인생 공부를 배운 날이었다

빨간색, 하얀색 둥근 공을 번갈아 하늘에 매달며
위험한 고압선을 타고 작업을 하는
꼭 곡예사 같은 전공電工을 보면서

조선낫, 다시 대장간에서 만든다

숫돌에 예리하게 날을 간 이후로
새끼줄 칭칭 동여맨 날이 너무 오래됐다

숯 한 움큼 집어 화덕 속으로 던진다
녹슬고 무뎠던 날을 다시 세워야 한다

이유는 풀, 식물, 나뭇가지 어느 하나도
거침없이 쳐낼 수 없기 때문이다

지금부터 한 자루 조선낫은
온몸 흥건히 땀방울을 적신 손끝에 있다

풀무질 속도를 낼 때마다
벌건 화덕 속을 들락거려야 한다

무뎠던 날은 뜨거운 불빛으로
모루 위에 얹혀 망치 매질을 맞아야 한다

쇠 집게 가위질 잡았다 놓았다
치지 쉬이 자지러질 듯 담금질도 당해야 한다

마지막으로 물 묻혀 손잡이 끝을 박아야 한다
쉽게 빠지지 않기 위해서이다

수십 번 강약으로 불 조절한 낫의 끝은
뜨거운 수증기를 뿜고 깊이 박혀야 한다

조선낫, 다시 대장간에서 태어나
더 일할 수 있는 낫날로 단단해지기 위해서

숲에서

"아직, 터지지 않은 처녀막이에요"

골 패인 봄 계곡 따라서
바람 소리에 젖어 누운 숲

발길 닿지 않은 처녀림의 내음으로
풋 총각 혼절할 것 같은 자태의 숲에서

그러니까 아프니까 제발 함부로 하지 말아 달라고
이렇듯 간절히 부탁하는 숲

그러니
그러니까

"내 몸에 뜨거운 불일랑 붙이지 말아 주세요"라고

들린다
잘 들린다

이슬 한 방울이라도
쉽게 터뜨리지 말아 달라는 목소리가

숲에서

처용을 위한 위로慰勞

마음이
밤비에 옴싹 젖었다

아마 이 시각이면 모르긴 몰라도
발가벗은 바다도 뜨겁게 뒤척일 테지

술이 모자라는 가로등은
불 꺼진 술집 근처에서 서성이고
사랑이 고픈 끼리는 짝을 지어
사랑을 하고 있을지 모를 밤…

취한 거리로 눈물 같은 비 내리고
걷는 서라벌의 처용은 비틀거린다

차차 풀리겠지
사람 살아가라는 세상살이인데 라고

spam

또 떴다
spam

깜깜한 동굴 속 불 밝혀 달라며
달콤한 유혹에 넘어와 달라네

쓸쓸함과 외로움과 고독까지도 달래 줄
비장의 환락으로 안겨 줄 테니
순진하게 보인 날더러 문 열고 들어오라네
동굴 속 깊은 밀실로…

낯모를 여인이 아주 은밀하게 빨리 오라네
기다릴 테니 그 짓거리 하러

아! 싫다
spam

내 친구 박 아무개
—소나무 에이즈 재선충—

이른 아침, 내 친구 박 아무개는
재선충 방제 공공근로사업 일터로 나가는 중이다

부모 일찍 여의고 가정 형편상 중학교에서 중도 하차한
내 친구는 배운 것에 비해 말도 잘하고 유머와 위트가 풍부하다
자그만 체구에 늘상 침을 튀기며 그랬듯이
오늘 아침도 일터로 나가다 말고 철철 열변을 토해 내고 있다
독도 주위를 얼씬거리며 해코지하려는 재선충이 죽일 놈이라며…

"다시, 1592년 4월 임진왜란을 상기하자는 건 아니지만 말이다
소나무 에이즈라고 불리는 재선충이 얼마 전에 남쪽에서 올라와
우리나라 전 국토를 함락시키려 북상하고 있는 이 급박한 순간에
이 민족 백성인 내가 가만히 있어 되겠냐"고

녀석은 오늘 아침 일터로 출근하다 말고 입에 거품 물고 열을 올
리며
재선충이라는 고약한 이놈들이 침략 근성을 버리지 못하고
이 땅에 상륙한 해충 아니냐며 내라도 가서 싸우고 오겠다고 한다

요즘 이 산 저 산 텟포(조총)를 들고 혹은 무텟포로 북상 중인
이놈들을 초전에 박살 내려고 찾아다닌다는 내 친구 박 아무개…

순할 때는 한없이 순하지만 화를 내면 아무도 못 말리는 지금
그놈들을 잡으러 나가는 중이다

벽壁

21세기
벽壁이 있는 길 지나 걷다가
다시 한 폭 벽 앞에 걸음 고쳐 멈춘다
그림이 있고 글자가 적혀 있다

남자의 그것이 그려져 있는 아래로
여자의 그것이 신랄한 모습으로 그려져 있다
여자의 요염한 자태에 끌려 죽은 남성의 그것 몇 개도
무참히 잘린 채 엎드려 붙어 있다
그 옆으로 입에 못 담을 욕들이 삐뚤하게 쓰여져 있다

무서운 그림의 벽壁이다
남사 부끄럽게
저질스러운 벽은 문란하다
확 허물었으면 좋겠다

코이

삶살이 순리대로 살다 보면
헐어 아픈 자리도 어느 때쯤엔 낫겠지
이왕에 외면할 것도 피할 것도 아닌 세상살이라면
꿈이 있기에 그 꿈을 위해서
미치도록 환장할 속 참을 대로 참고 꾹 참아 보는 것이지
그렇지, 지금 아파 볼 때로 아파 보자 하며
큰 강江으로 거슬러 가고 있는 이유인 게지 코이는

* 코이: 민물 잉엇과 관상어로 좁은 어항에 넣어 기르면 5㎝밖에 자라지 않지
  만 커다란 수족관이나 연못에 넣어 기르면 25㎝까지 자라고 강물에 방류하
  면 1m까지 성장한다고 한다.

개미 日記

지금은 춥다
걷노라면 어질거리는 길의 흔들림
걷는지 섰는지 분간키 어렵다

여기가 어디더냐
언제부턴가
하늘이 땅이 정신없이 머리를 흔들어 댄다

더듬이가 상처를 입은 탓에
눈뜨고 조심스레 문을 열고 나온 집 밖
매일 똑같은 길을 나섰다고 말하면서도
낯설기만 하다 솔직히…

그래서 지금의 겨울은 춥다

봄이 오고 풀이 돋아나고
숲 그늘 풀 향 솔솔바람에 묻어나면
깊은 현기증의 상처

온데간데없이 아물겠지만 말이야

아직 개미가 살아가기엔 참 수상스러운 계절이다

길路, 차마고도茶馬古道를 오르고 있다

끝없이 이어진 한 줄 가파른

차

 마

고

 도

험준하게 높아서 외롭고 쓸쓸한 길

굽이굽이 가혹한 길

삶生의 길을 걷는 여행자는

살아 있어 걸어 오르고 있다

사람이 세상 살아간다는 것을

길을 걸어가는 것에 비유한다면

나는 차마고도의 짐꾼처럼 인생을 짊어 멘 채

묵묵히 삶의 길을 오르고 있는 중이다

마침내 산 정상에서 갈증을 달래며

휴식의 차茶를 마실 수 있을 것이라고

믿는 나는

세상 그림 속 가파른 차마고도茶馬古道를
지금 말없이 오르는 이유라고도 한다

난 창포말등대가 있는 그곳에 갔었다

난 그곳에 갔었다
해파랑길 따라 수평선 바다와 바람결이 포근했던 그곳

솔나무 이파리들 취한 듯 기울어 젊은 날 내 슬픈 얼굴 가려 주던
그곳
다시는 아니 올 듯한 시간 속 세월의 수채화가 남아 있는 그곳이
었기에

외로움을 꺼안고도 외롭지 않고
고독을 품고도 고독하지 않았던 그곳이었기에

행복한 용기와 따뜻한 사랑의 묵언默言이
더 나를 이끌며 눈물 나게 일으켜 주던 그날 그곳이었기에

난 그때 내 눈물을 닦아 주던 그 바다와 등대가 보고 싶어서
다시 난 창포말등대가 있는 그곳에 갔었다

* 창포말등대: 경북 영덕해맞이공원에 있는 등대.

TV 채널이 야하다

솔직히
TV 채널이 야하다
솔숲으로 가려진 방에 문이 열리고
하얀 파도가 밀려왔다 밀려가는 시간에는 정신없이 야하다
나는
목구멍 싸아하게 확 소주라도 들이켜 넘겨 버리고 싶은 날인데
우라질 놈의
살다 보니 그놈의 돈 때문에 비위 몹시 상하는 날인데…
TV 채널은
스위치가 꽂힌 채로 저들끼리 화끈하게 달아올라 뜨겁고 야하다
잠깐 곁눈으로 훔쳐봐도 신음 소리 부끄럼 없이 당당하게
그놈의 돈이라는 게 대체 뭐길래

민달팽이를 위한 위로慰勞

집도 없이 맨살 몸으로 다니는 길
때론 땅이 질어서 힘들고
돌 배긴 마른 언덕이라 눈물도 나지
그래 그렇다고
삶의 힘듦이 역축으로 숨통을 누르는
멍에 짊어진 팔자라 말하지는 말자
이리 눈 뜨고 살겠다고 살다 보면
언젠가는 응어리 풀리는 날 있지 싶으니
민달팽이야
내가 묶어 놓은 실타래라
내가 풀어 가면서 사는 세상이라고
하! 그리 알고 살자꾸나 한恨 덩어리야

무고舞鼓에 넘어갔다

아름답고 화려한 나비춤 유혹
홀딱 빠져들지는 말자 마음먹었는데
내 딴에는

청·홍·백·흑 날개 펼쳐 숨 막히도록 안달 나게
저만큼 달아났다 사뿐 나풀 다시 와 안겨서는
사람 혼 죄다 쏙 빼놓고선
꿀처럼 달콤한 사랑이라 속삭이지를 않나
그도 모자라 가슴 뜨겁게 달구는 몸짓으로
내 눈 맞춰 빙글빙글 돌며 춤을 추는 맵시하며
채의彩衣 선線 기묘한 허리 돌림 아 사사 보드랍게
얼매나 꼬드기는지

당최 사내 마음 들었다 났다 가슴 벌렁이게 하는 바람에
지 깐들 뭐 별수 없이 안 넘어가고 못 배겼다
나는 결국에

---

* 무고舞鼓: 무고는 큰 북을 치면서 춤을 추는 궁중무용으로 기원지는 경북 영덕 영해이다. 고려 충렬왕 34년(1308년)에 영해 부사로 좌천 부임한 시중 이혼李混이 태풍이 지나간 고래불 바닷가에 떠내려온 큰 뗏목으로 북을 만들고 주민들에게 무용을 가르치다가 이후 다시 개경으로 올라가 궁중에까지 전파했다고 《고려사》〈악지〉, 《악학궤범》, 《신증동국여지승람》 등에 기록돼 있다.

자기치료自己治療

인생 삶살이 낙담하며 절대 울지 마라
잠시 절망이란 한 옥타브의 리듬에 불과한 것이다
산다는 것이 때론 절망적이고 외롭고 고독할 수 있다
입 악다물고 참아라 그대는 절대 아름다워야 할 세상 사람이다

가시 없이 살 수 있는 선인장은 없듯이
그래서 가시 박힌 속 아픈 날도 있구나 생각하라
밤 추위에 떨며 눈물로 아파한 선인장도
다음 날은 햇볕 그 자리에 여전히 우뚝 선 채로 살아간다

솔직히 어둠의 탈출을 시도하려는 지금은 춥지
문밖 따뜻한 하늘빛을 꿈꾸는 날마다
봄빛에 갈아입을 옷을 찾고 있는 중이지
무르팍을 세워 찍어 내는 발자국 간절히 봄빛을 원하기에
다만, 참으며 견디고 있을 뿐이지 다 안다

벽에 걸린 괘종시계를 쳐다보고 너 왜 그리 분주하게 사냐 물으니
사람 사는 게 별반 다를 게 없다고 말하지 않더냐고

건전지 살아 있을 때 추 바쁘게 뛰라고 말하지 않더냐고
건방스럽지만 하하
맞아 옳아 옳은 말이다
햇살 거머쥘 봄 기다리는 지금 그래 꾹 참고 살아가는 것이다

청진리에는

청진리에는 사람처럼 말을 하는 바다가 있다
사람처럼 말을 들어주는 바다가 있다
혼자인 날에는 같이 혼자가 되어 주는 바다가 있다

청진리에는 바다가 가끔씩 물빛 곱게 노래도 부르고
아름다운 사람처럼 마음 따뜻하게 손도 내밀며
혼자 우울해 있으면 파도로 달려와 눈물을 닦아 주기도 한다

청진리에는 살면서 눈물에 체해 가슴이 울컥거리는 날이면
사람보다 바다가 저부터 미리 앞서 알고
사람의 가슴을 잡고 대신 울어 주고 위로의 말을 전해 온다

청진리에는 만나서 좋은 사람처럼 아름다운 바다가 있다
사람의 말을 귀 열고 들어주며 이해해 주는 바다가 있다
사람처럼 대화를 나눌 수 있는 참말 좋은 바다가 있다

청진리에는 포근한 사람처럼 느껴지는 바다가 있다
따뜻한 사람의 마음처럼 그렇게 빼닮은 바다가 있다
혼자인 날의 혼잣말을 다 들어주는 그런 괜찮은 바다가 있다

* 청진리: 경북 포항시 북구 청하면 소재

알파고

나는 자가용을 타고 집을 나섰다
운전은 차가 하고 난 출근 중이다
시간이 급하니 지름길을 가자고 말을 하려 했더니
갑자기 차가 금세 눈치채고 신경질적으로 가드레일 들이받았다
왜 받았냐고 물어볼 새 없이 차는 날더러 왜 빨리 가자고 보챘냐고
되레 나무라는 듯 기계적으로 119를 호출 중이다
사고 충격으로 나는 지금 머리와 이마에 피가 흐르고 있고
젠장, 성질 더럽게 기계 뭉치가 사람인 나에게 반항하며 덤벼들었
다고 한들
법원 판사는 또 차의 블랙박스만 믿고 정상 운행을 방해했다는
내 잘못인 양 판결할 것 같기도 하고 아! 앞으로의 세상 상상만 해
도 무섭다
2016년 3월 9일 알파고와의 바둑 5국 중 1국에서부터
인간 이세돌은 돌을 던져야 했다

낙타의 일기

종일 뿌옇게 일어나는 모래바람 속 내 귀에는
가난한 자를 위한 위로의 노래는 들리지 않고
목 축일 오아시스를 찾을 길도 막막했다
뿐이겠는가
등짐 달린 낙타는 모래톱 산을 넘고
말라붙은 눈썹과 부러진 발톱으로
사막에서의 생존 흔적 그 자체인 가쁜 숨소리에
등허리 짊어 맨 고행의 발걸음도 무거웠다
오늘 그래서 단단히 벼르고 하고픈 말인데
이제 곧 무거운 짐 내려놓고 전갈 만찬을 즐길
희망의 내일을 꿈꾸려 하니 이 밤 모두 굿 나잇

버스 대합실에서

수만 억겁의 인연 타래 바쁜 삶의 표정들 사이
오늘도 꿈 많은 사람은 표 한 장 뽁 거머쥐고서
목적지 버스를 기다리고 있다

사람들은
서로 친하게 인사 나누기보다
그저 기계와 대화 중
대합실 TV 아니면
스마트폰에 눈이 꽂혔다

다다다
띠용 띠용
톡톡

버스 대합실
오가는 발길들 그 사이로
세월의 시간은 흐르고⋯

아버지와 아들 사이에도
대화가 없다
차를 기다리며 그냥 앉아 있다

다다다
띠용 띠용
톡톡

벽시계의 액정이 깨져
깜깜한 먹물로 점점 번져 나고 있는
대합실의 오후는 그래서 참 웃기게 무료하다

농촌

"올해는 꽃이 떨어지지 않고 오래 피네
바람이 덜 불어 그런가 보네"
장모님은 장인께서 심어 놓으시고 세상 떠나신 지
꼭 1년이 된 벚꽃나무를 보시고 혼자 말씀하신다

오늘은 면 보건지소 앞마당에서
어르신들 건강검진 있는 날이다

시계 침이 오후로 휘어진 시각
젊은 일꾼들이 없는 시골
60이 다 된 청년회장은 막걸리 술기운 빌어
경운기 쟁기질하다 말고 힘에 부쳐
밭둑 머리 베고 곤히 잠에 들었다

벚꽃 바람이 뻐꾸기 울음소리 데불고 앞산을 건너오는
요즈음 농촌 풍경은
혹 암 진단 나와 자식 폐 끼칠까 걱정하며 사시는
어르신들이 대부분 그 외롭고 쓸쓸함이다

* 시작 노트: 전 세계가 우려하는 인구문제이지만 우리나라는 저출산고령화
  현상이 두드러지게 나타나면서 급속한 인구절벽 현상에 직면하고 있다. 특
  히나 지방 지자체는 '소멸 위험'에서 벗어날 수 없는 상황에 이르렀다. 출생률
  은 낮고 사망률은 높다. 갈수록 걱정된다.

잡상雜像의 말

개犬들이 무리 지어 또 짖기 시작했다

캄캄한 밤 그기 벌판에서
컹컹 월월
서로 잘났다고 목청을 높이고 있다

죄업罪業의 고리는
또 다른 죄업을 낳는다는 것을 모르는지
저마다 길 잃은 똑똑한 개들이 크게 짖고 있다

주인의 살煞을 막아 주고
사악한 요괴妖怪를 피하고 물리쳐
액운厄運을 막아야 할 개犬들이
서로 모여서는 싸움질만 해대고 있다

날 새면 보신탕집으로 언제 향할지
주인의 후한 덕에 살 오른
기름치 모가지인 줄도 모르고 흔드는

우라질 염치없는 개들이 모여서
봐라 저리 눈꼴스럽게도 난리다

젠장, 잡상雜像이 부끄러워 죽겠단다

* 잡상雜像: 궁궐 전각과 문루의 추녀마루 위에 놓은 토우(土偶·흙 인형) 10신
상(神像)을 일컫는다.

마루를 생각하며

집 담벼락 아래 있던 마루의 집이 흔적 없다

호피 무늬의 마루가
순하게 꼬리를 살랑이던 그 녀석이
평생 결혼식도 한 번 못 하고 살던 그 녀석이
지금쯤 죽어 보신탕이 되었을 것 같다

사람이 제집에 식구처럼 짐승을 키우다가
정을 떼고 외면한다는 게 어찌 그리 쉬운 일이겠는가
인간사 참 어쩔 수 없이 잔인할 때가 이럴 때인가 싶으니…

중학교 때쯤에도 메리라는 개 한 마리를
마루처럼 슬픔으로 보냈다
벌겋게 주검의 피가 얼룩져 있는 다리 근처로
가기 싫어하는 메리를 도살꾼들에게 끌어다 주고
멀찍이 서서 바라본 나는 저절로 울음을 터뜨렸다

목줄을 다리 난간에 매달고는 사정없이 아래로 밀어 떨어뜨리는

건장한 도살꾼과 떨어지지 않으려고 애쓰는 메리의 모습 한참 뒤
눈 뜬 채로 혀를 길게 내밀고 죽은 메리의 모습은 잔인했다

손을 가리고 무서움에 힐끔힐끔 쳐다보면서
돌아오는 내내 뚝뚝 눈 벌겋도록 울었는데
그때 메리처럼 그렇게 되었을 것이라 짐작이 가는
마루가 떠나고 집에 없다

여름 오고 또 오늘이 잔인한 복날이라고

나, 지금 탈출 중입니다

찾지 마소
나, 지금 탈출 중입니다

나를 찾아서 멈춘 발걸음 주위로
뭇 새들의 지저귐 소리 정겹구요

고독하고 외로운 사람의 마을에
삶의 은유가 소복하게 내립니다

밀치고 거부할 수 없는 추억의 시간들이
눈에 선해서 좋고도 달달합니다

오랜만에 혼자서
참 좋은 자유를 누리는 힐링입니다

삶이라는 힘듦의 한 올 실오라기
홀홀 만사 떨치고 나선 길입니다

제발이지 그냥 내버려 두소
잠시 탈출 끝내고 알아서 돌아갈랍니다

나
지금 탈출 중입니다

독도 통신

섬에는 새며 꽃이며
그 어느 하나 죽은 것 없습니다
그래서 섬은 살아 있습니다

맑은 바람과 아침 햇살이 맨 먼저 접안하는 곳
하늘도 바다도 우리말 한글로 대화를 주고받는 땅
날숨과 들숨으로 이 민족 얼의 숨소리가 살고 있는
동쪽 땅 독도리 산1—37번지

살아 있는 보물섬 전체가 천연기념물 제336호
새와 꽃의 낙원
굵은 핏줄 소리 하늘 땅 바다에서
피톨로 콸콸 움직이는 곳

선명한 대한민국
낙관落款!

그래요 아무 이상 없습니다

단, 지키지 않으면 한순간에 잃을 수 있다는

그 무서운 사실 외에는

전설傳說
—에밀레종鐘 앞에서—

옛 신라 서라벌 땅 에밀레종鐘 앞에서
그 에미의 목소리를 듣는다

끓는 쇳물 속 "에밀레 에밀레"라고 애처롭게 에미를 부르며
어엉 어엉 눈물도 뜨겁게 울부짖으며 죽어 간 그 아가 앞에서
실성해 혀 물고 우는 그 에미의 눈물을 본다

"구천이거든 원망커라 맺힌 한恨으로 에밀레 에밀레 라고
이 에미를 욕하며 울 거라"며 산을 흔들어 맨땅을 치는 그 에미를
본다
"우리 집 재산이라곤 이 아이 요것뿐 요거라도 데려가라"던
그 에미의 늦은 눈물 베갯머리 가슴 통곡 소리를 듣는다

"내가 못 할 업業을 진 게지
천진 순결했던 내 아가야 가난한 오두막집 내 딸아"라고 울던
"차라리 내가 너 대신 죽으마" 울던 그 에미의 때늦은 눈물을 본다
진절머리 나게 가난했던 그 에미의 눈물을 본다

옛 신라 서라벌 땅 하늘에 비 내리고
에미의 한恨 깊어 아프게 울던 천년 전 그 눈물 소리를 듣는다

울다가 멈춘 에밀레종鐘 앞에서
울다가 눈물 말라 버린 그 에미를 본다

성류굴聖留窟

수억만 년의 인연
초입부터 신비롭고 들어설수록 아름답다
성류굴

지하 깊은 태초의 숨소리 종유석 축축하게
동굴 안 호수 물 냄새 맨살 등줄기 땀으로
속살 더듬고 오고 있다

따뜻하게 품어 오는 지하 동굴 속으로
들어가고 있는 중이다 지금

휘돌아 감싸 오는 동굴 속 바람이
기억의 지느러미를 흔들어 대고
파헤치다 둔 둔덕 너머 은밀히 감춰 뒀던
태초의 언어가
하얗게 실타래로 감겨 오고 있다

방금 내 입술을 스치고 지나는 바람

동굴 호수에 엎혀 물그림자를 비벼 대고 있고
마주치는 종유석 젖은 뜨거운 숨소리
동굴 안 메아리로 깨어나고 있다

오스트랄로피테쿠스, 호모하빌리스,
호모에렉투스, 네안데르탈인, 호모사피엔스라는
낯설지 않은 DNA들이 온몸 전율로 흐르고 있다

세월 뚫림이 있는 동굴 온새미로 곰살궂다
성류굴이라고

* 성류굴聖留窟: 천연기념물 제155호로 경북 울진군 근남면 구산리에 있는 석
  회동굴이다.

그 집 아이들이 울기 시작했다

그 집 아이들이 울기 시작했다
또
문을 걸어 잠가 둔 모양이다
아파트 주민들이 그 집을 향해
아이들을 학대할 것 같으면 왜 키우냐고
그렇게 따가운 눈총을 줘도 그때뿐이다
언제부턴가
아이들의 울음소리가 종일 들릴 때면
주민들은 불쌍한 아이들의 울음을
짜증 나는 소음이라 말하기에 이르렀다
그럼에도 아랑곳없이
오늘도 그 집은 또 아이들을 가둬 두고서
밖으로 나간 모양이다
아이들이 잠긴 문 앞에서
부모가 돌아오기만을 기다리며 울고 있다
똥을 싸고 오줌을 싸고
저들끼리 배고파 울든 말든
그들 부모라는 인간들은

그렇게 아이들을 감금하고는 나갔다
그래 그 말이 꼭 맞을 거야
그 집에는 개자식들이 살고 있으니
지금

산수유꽃 기별

이 형兄
산수유꽃 피었다고 기별 주셨네요
여태 봄 왔는지도 몰랐었는데 고맙습니다
겨우내 꽁꽁 닫아 뒀던 앞가슴 열고
산수유꽃 노랗게 피었다고요
잎보다 먼저 꽃으로 핀 산수유꽃 향기가
너무 달달하다고요
그러고 보니 여기도
여태 서성이던 겨울이 떠나갔네요
참말로 산수유꽃 피는 봄 왔네요
찬 바람 털고 핀 꽃이
언 얼음 깨고 나온 꽃이
빨갛게 결실을 맺기 위해 피어나는
그런 봄이 왔다는 거죠
뇌리 속 무겁고 우울했던 상념들이
하나둘 빠져나가고
시렸던 가슴앓이 시간들이 사라지는
그런 봄이 왔다는 기별이죠

산수유꽃 피는 기별 주서 고맙습니다
암튼 이다음엔 제가 먼저 꽃 기별하겠습니다
그땐 산수유 꽃그늘에서 술 한잔 사겠습니다
이 형兄

4월은 봄이라고

누부야
4월은 봄이라고
가슴에 바람 들었 뿌릿제
뽀송한 젖가슴 봉싯 봄바람 들었 뿌릿제

마실 돌다 저녁 늦게 집 들어오면
아부지에게 뒤지게 혼날 텐데 그래도 괜찮겠나
산에 들에 꽃 피었다고 미처 뿌릿제
가슴에 터질 듯 바람 들어서 미치것제

우짜것노
머리채 다 뽑히더라도 뛰쳐나가고 싶으니 나가야지
누부야 4월은 봄이라고
싱숭생숭 여자의 봄이라고

쓰레기장에서

쓰레기 더미를 비집고 핀
엉겅퀴꽃 네 곱다

세상 어느 풀꽃인들 다 곱지 않으랴만
이것저것 다 내려놓고
애오라지 세상살이 미쁘게도 핀 꽃 같아서⋯

그래 곱다
그냥 볼수록 네 곱다

경주 얼굴무늬 수막새를 보면서

나는 어쩌다
한 여인을 짝사랑하게 된
신라의 하찮은 와공瓦工입니다
오뚝한 코 시원한 눈동자
오묘한 미소로
사람의 마음을 편안하게 만들기도 하고
포근하게 넘어뜨리기도 하는
그 여인을 사랑합니다

하 그리워 못 살겠습니다

소박하고도 잔잔한 미소로
수줍음 살짝이 덮쳐 와
숨결 소리조차도 이쁠
두 뺨 턱선 곱게 내린 내 여인을
감히 귓불이라도 범접犯接 못 할 나는
두고두고 올려 보고 싶어

사모의 속삭임 수막새로 빚습니다
그대 내 마음속 여왕이라서

* 경주 얼굴무늬 수막새(慶州 人面文 圓瓦當): 국립경주박물관에서 관리하고
있는 대한민국 보물 제2010호로 '신라의 미소'라고도 불린다.

우리 동네에는 작은 다방 하나 있다

우리 동네에는 작은 다방 하나 있다
손님들은 사내 없이 혼자 사는 다방 주인 여자를 공주라 부른다
오늘은 아침부터 자꾸 엉덩이가 아프다고 하는 걸 보면
아무래도 수상하다
분명 어제저녁 친구들과 술 한잔하러 갔다 왔다고 했는데
그 밤 뭔 일이 있었는지
아침부터 모기 핑계 대고 엉덩이가 아프다고 난리다
그저 삶이 무의미해서 없는 남편 핑계 대고
밤 몰래 연애질이라도 한 것 아니냐 물어보면
극구 공주는 아니라 한다
암튼 수상하다 공주가 허허

술에 취해 비틀거리는 다음 날은 공주가 다방 문을 열지 않는다
속이 쓰리고 아프다는 핑계로 마음이 아프다는 말을 않는다
사내가 그리워 밤새 술을 마셨다고는 짐작이 가면서도
왜 사내가 없어 마음 아픈지도 여전히 알 바 없지만
오늘처럼 껄떡 사내들이 차 배달을 불티나게 시키는 아침인데도
공주는 오늘 쉬는 날이다

고기비늘을 단 얼굴로 선원 김 씨가 커피를 마시러 올 시간인데
해가 중천인 아직도 공주네 다방은 문이 닫혀 있다
아무래도 어젯밤 사내가 그리워 뒤척이다 엊저녁 밤 모기에게 물린 것 같으다

값싼 인생살이라 빡시게 살아야 한다고 입버릇처럼 중얼거리는
사내 없는 공주라서 더욱더 가끔은 모기에게 물리고 사는 듯싶다
다방 공주가 쉬는 날은 모른 체하면서도 손님들은 다들 궁금해한다
또 엊저녁 술을 마셨거나 모기에게 물렸다고 문 닫힌 다방을 보고
관심 있게 짐작들 한다

그리고 보면 참 알다가도 모를 일이지
왜 남자나 여자나 짝이 없고 사랑할 사람이 없으면 못 참아서 환장하는지
솔직하게 말해 공주를 욕하지 못하는 이유 중 하나라 해야지
공주가 다방을 쉬는 날은 수상하다 생각이 들면서도
그래 혼자라서 못 참아

어떤 사내랑 전날 밤 섹스를 찐하게 했을 것이라 이해하고 넘어가
는 거지
주인 혼자서 종업원 없이 커피 배달을 하는 공주네 다방은
오늘도 농담 섞인 진담으로 문이 열리고 닫힌다

보고 싶다는 말

달月이
동그랗게 떴다
참 이쁘다
너같이 생겼다

부석사浮石寺로 가고 있다

부석사浮石寺로 가고 있다
가서는 나我를 찾아봐야겠어
날 미워한 죄로
내 울음의 열 배는 더 울고
그도 모자라 한 스무 번쯤은
더 눈물 흘려야 할 것 같다고
난 요즘 와서 나我를
그렇게도 미워하고 있기 때문이야
세상사 인연살이 부석浮石이라
뜬 돌이라고 하는데…

* 부석사: 경북 영주시 소재 유네스코 세계유산(山寺, 한국의 산지 승원)

솟대

솟대, 말합니다
사람으로 와서 사는 땅
아무 탈 없이 잘 먹고 잘 살다가
그리 길 떠나게 해 달라고
염원하는 겝니다
근심 걱정거리 많은 일상사
무거운 마음들 잘 보듬어 달라는
간절한 바람입니다
세세년년歲歲年年 몹쓸 잡귀신들은
죄다 멀리로 쫓아내 버려 달라고
이리 손 모아 기도하는 겝니다
천신天神이시여

미세먼지 심하던 날

입 막고 나왔다고 오해 마세요
일기예보에 미세먼지가 심하다기에
마스크를 했어요

그래요
이제 마스크를 풀게요

그동안 서로 탁했던 감정 있었다면
눈정 시원하게 풉시다요

사실 안 나오시려나
살짝 걱정도 했어요

예전처럼
우리 다시 달보드레하게 그리 지냅시다

오해해서 삐친 것 풀자고
제가 오늘 폰 드린 겁니다요

나와 주셨네요

제가 폰 하길 참 잘했지요

그쵸

무후제無後祭에서

고고한 자존 향香으로 아름답게만 피어 살던 꽃
아직은 한창 고울 계절에 세상사 훌훌 벗어 두고서
그리 미덥다던 세월살이 따사로운 날 하오下午에
외롭게 비문도 없이 그대 장미꽃 호올로 떠났다

* 무후제: 후사가 없는 사람을 위해 지내는 제사.

114

꽃 그림 잔 하나가

커피를 마시고
내려놓으려는 잔 하나가
이리 아름답게 보이냐
빈 잔인데…

깨끗이 비우고도 남은 향기
꽃으로 아름다워
손 떼지 못하겠으니

사람도 이승 떠날 때는
이런 잔 하나쯤은
두고 가라 일러 주듯이

세상살이 뒤끝은
이처럼 아름다워야 한다고
조용히 말하누나
꽃 그림 잔 하나가

고택古宅에서

코끝 습한 기운이 싸한 고택古宅에서
기둥 나무 틈 배어 나오는 나이테의 냄새를 맡는다
한때 풍광風光도 고고히 명문대가名門大家라
찾아드는 발걸음들 꽤 시끌벅적했을
하! 그렇게 짐작 가는 세월의 집이다

오래된 거미들이 바람에 흔들리며 집을 치는 날
객지로 떠난 자손들이 집 비운 지 한참인 듯
녹슨 문고리 솟을대문만 우뚝하니 섰다

뒤뜰 흙담 아래 장독대는
바람 소리도 적막히 깨진 독毒 수북하니 무더기로 껴안고
빈 가슴 허허롭게 허문 채 웅크리고 있다
세상 인생사 부귀공명富貴功名도 다 돌고 도는 것이라
그리 일러 주듯이

거미와의 대화

집 모퉁이 줄 악착스럽게 잡고 대롱 매달린
마른 거미의 주검 앞에 서서 묻는다

"거미야 넌 세상을 살려고 태어났더냐
죽기 위해서 태어나 살다 가는 것이더냐"

"정답이 없기에
본인 생각하기 나름의 차일 뿐이라고"야

하늘 바람결에 날려 간 거미와의 대화가
내 삶의 침묵을 정신없이 흔들어 깨우던 날

내가 궁금해서 말이다
살면서도 알 수 없으니 화두話頭라 또 말할 밖에는

강을 지켜보고 있노라니

강을 지켜보고 있노라니
놀라서 떠난 바람과 나무 그리고 새들은 더 이상 보이지 않는다
지금 숨이 겨우 붙은 강에는 고기가 살아 있었다는 흔적뿐이다
쿵덕거리는 포클레인 기계음 소리
점령군의 군화 발자국 소리처럼 점점 가까이 들려온다
또 다른 한편의 사람들은 이들과 대치 중이다
생사 갈림길의 고기들도 물속 숨어서 숨죽인 채 긴장하고 있다
강에서 살겠다는 사람들은 용감하다
강은 개발해야 한다는 힘 있는 사람들도 용감하다
서로 양보 없이 거칠다
오늘도 하루해가 노을을 뿌리고 있는 저녁까지 사람들은 실랑이
가 한창이다
억울하겠지만 힘 있는 사람들이 이기는 한판 실랑이라는 것도 나
는 미리 알겠다

아! 나는 또 무섭고 부끄러워 오늘 한마디 제대로 입도 못 떼고 있
구나
이런 떠거럴 나는 바보처럼

바닥 詩 2 題
― 題 1. 출근 題 2. 퇴근 ―

題 1. 출근

지갑이 딸랑거리는 새벽
아버지는 버스를 기다린다

마셔도 배부르지 않은 아침 공기는
하늘로 높이뛰기를 하고 있다

명퇴한 아버지는
이제 하루 품삯을 벌기 위해
빨리 가서 인력시장 눈도장에 낙점 찍혀야 한다

초조하다
조금이라도 일찍 버스가 와야 한다
무사히 하루 일거리를 맡아야 한다

題 2. 퇴근

같은 시각 술에 찌든 휴대폰을 손에 쥔
노래 클럽 룸 도우미 누부야는 퇴근이다
밤새 먹은 술 냄새가 새어 나온다

학교 성적표보다
엊저녁 읽다 만 돈 이자가
머릿속에서 맴돈다

목구멍을 대신할 수 없는 생활은
주름진 이력서 위에
꽃잎 같은 눈물로 떨어져 진다

그 직장 그 남자들 틈에서
밤새워 그 흔한 사랑 짓거리를 해야 한다
또 빨리 가서 잠을 잔 후에

여러분

오는 겨울은 전례 없이 추울 것으로 내다보이는 관계로
저마다 삶의 가까이로부터 다소 추위를 빨리 느끼더라도
절대 당황하거나 놀라지 마시길 바랍니다
간혹 체온 유지는 물론 삶의 통증도 예상되오니
그 점 다소 불편스럽더라도 참고 꼭 이겨 주시길 바랍니다
또 불안전한 마음은 자칫 심적 동요를 일으킬 염려까지 있으니
막대한 생의 손실을 막으려면 절대 참고하시기 바라며
반드시 차분한 판단으로 오늘 생이 내일 힘차게 달릴 수 있도록
만반의 준비를 미리 거듭 갖춰 주시길 바랍니다
기온이 조금씩 점차 낮아지더라도 너무 걱정 마시고
부디 오는 봄을 생각하며 생의 엔진 가동률을 다시 높일 수 있도록
이 시간 이후 되도록 마음의 생각부터 다져 먹고
훈훈하고 따뜻하게 좋은 꿈을 꾸도록 노력을 바랍니다
마음의 만반 대처를 당부드립니다 여러분

문자메세지

ㅅㄹㅇ… 무지… ㅂㄱㅅㅇ

ㅈㄱㅑ 정말이다

ㅂㄱㅅㅇ 미치 뿌리겠다

나는 그대가 참 좋으네요

햇살 한 줌 따습게 손에 받아 들고
해맑게 웃고 있는
그대가 좋으네요

티 없이 순수하고도 정갈한
풀잎 같은 그대가
참말로 좋으네요

어쩌다가 토라진대도
금세 이쁘게만 웃어 보일 것 같은
풀 향내 나는 그대가 좋으네요

내 맘속
한 자리 깊게 자리한
나는 그대가 참 좋으네요

"그대 사랑합니다"라고 말하면
볼 발갛게 수줍어 어쩔 줄 몰라 할

나는 그대가 참 좋으네요

secret!
지금
바로 그대 말입니다

새해에는

새해에는 말이다
참 잘 살았다 할 만큼 그렇게 살아 보자는 것이지
돌아봐 후회하는 일 없도록

새해에는
만사형통 깔끔한 한 해를 살아 보자는 것이지
할 수 있다라는 용기로 못 하는 일 없는 한 해로
아름다운 사람들과 아름다운 이야기를 나누며
조금 모자라도 넉넉한 여유의 웃음이 늘 나오는
마음 편한 날들로 살아가게 해 달라는 바람도 있는 것이지

새해에는
봄, 여름, 가을, 겨울 모두 따뜻하고 즐겁고 행복하게
아프고 다친 데 없이 마음먹는 대로
술술 모든 일들이 잘 풀리는
그렇지, 매사 열심히 긍정적으로 힘이 솟는
그런 새해를 꿈꾸며 살아가자는 것이지

새해에는
다 잘될 거야 원하고 바라는 것은 이뤄진다는
믿음과 바람으로 꿈을 현실로 만들어 내는
마음 풍성한 기도를 하면서 베풂과 인정으로
그동안 못 이룬 꿈 얽혀서 어려웠던 고뇌의 타래들도
풀고 풀어내 마침내 빛나는 일기로 써 보자는 것이지

새해에는 말이다
참 잘 살았다고 할 만큼 그렇게 살자는 것이지
다시 돌아봐 스스로에게 힘찬 박수 칠 수 있도록

꽃

너
좋네
이유도 없이 참 좋네
고운매 자꾸만
이쁘고 사랑스러워지는
널 보면 볼수록
난
그냥

가족 제재와 인생 비유, 그리고 구어적 진술

공광규 시인

박병일 시의 특징 몇 가지 가운데 하나는 일상의 생활감정을 생활 언어로 사용한다는 것이다. 따라서 잘 읽히고 재미있다. 요즘 시가 잘 읽히지 않고 재미가 없는 데 비해 박병일의 시가 갖는 큰 장점이다.

그 다음의 특징은 다양한 제재를 활용한다는 것이다. 친구에서 아내까지 다양한 인물과 사건, 핸드폰과 자동차까지 폭넓은 제재를 채집하여 보통의 시집들이 갖기 쉬운 제재의 단조로움에서 벗어나고 있다.

그리고 마지막으로 시에 나타나는 다양한 공간일 것이다. 전국의 지리, 농촌과 바닷가, 다방과 전시장 등 박병일의 시가 가닿는 서

사적 장소가 폭넓어서 시 읽기의 지루함을 잊게 한다.

이러한 방법적 특징을 기준으로 가족을 시의 제재로 불러들이며, 인생을 비유하고, 드물기는 하지만 문명이나 세태를 비판적 시각으로 본다. 아래 시 〈고물 세탁기〉는 생활감정을 쉽고 재미있는 시편으로 구성한 사례이다. 아내와 고장 난 세탁기, 오래된 결혼 생활이 핵심 어휘다.

시집올 때 해 온 30년도 넘게 쓴 세탁기라
날더러 들어 보라고 고물고물 소리를 낸다
접선 불량인지 어찌 두들기다 보면
용케 돌아가는 세탁기
우 쾅쾅 탁탁
또 손바닥으로 접선이 잘 안된다고
냅다 두들기는 소리다
마누라에게 잘해 준 날보다 못해 준 날이 더 많은
내 미안한 지나온 삶의 날들을 반추해 내는 세탁기
오늘도 고물고물고물 모터는 마지못해 돌아가며
새것으로 바꿔 달라고 투덜투덜투덜거린다
허허 참

—〈고물 세탁기〉전문

일상에서 쉽게 경험할 수 있는 현상을 시로 쓴 사례이다. 30년 전 아내가 시집올 때 사 온 세탁기가 고장이 난 상황을 한 편의 시로 재미있게 구성하였다. 오래된 세탁기는 고물고물 소리를 내는데, 화자에게 들어 보라는 소리라는 것이다. 화자가 접선 불량인가 하고 궁금해서 두들기다가 보면 큰 소리를 내면서 돌아간다. 그 소리가 화자에게는 접선이 잘 안 된다고 불만을 터뜨리는 소리로 들린다.

이 불만은 30년 된 아내의 불만을 암시하기도 한다. 이 불만의 소리는 세탁기와 함께한 결혼 30년 동안 "마누라한테 잘해 준 날보다 못해 준 날이 더 많은" 날들을 떠올리게 한다.

세탁기는 아내가 혼수로 해 온 30년을 뒤돌아보게 하는 매개이고, 계기는 접선 불량에서 시작된다. 낡아서 고물고물 접선 불량으로 돌아가는 세탁기는 오래되어 낡은 결혼 생활에 비유된다.

세탁기 모터가 "마지못해 돌아가며/ 새것으로 바꿔 달라고 투덜투덜투덜거린다"는 위트도 재미있다. 고장 난 세탁기를 가지고 결혼 생활, 즉 인생을 재미있는 일화와 어투로 비유한 시편이다.

아래 시 〈구두〉 역시 생활용품 가운데 하나인 구두를 제재로 하여 쓴 시다. 인물은 시인 자신이기도 하고 남편이며 중년의 가장이다.

> 낡은 구두 밑창으로
> 오늘 분주하게 만났던 흙들이 묻어 있다
> 출근을 서둘며 신었던 구두가 집으로 돌아왔다
> 주름 접힌 중년의 얼굴 하나 구두 위에서 오버랩 된다
> 찰나!
> 사람이 태어나 살고 살다가 눈감는다는 것이
> 또 무엇인지 궁금해하는 사람에게로
> 인생 삶 등등 무수한 생각들이 떼거리로 달겨든다
> 중년의 家長인 내가 보인다

> ─〈구두〉전문

낡은 구두는 중년 가장을 대유한다. 낡은 구두는 곧 중년의 가장
인 것이다. 생계를 위해서 분주하게 돌아다니느라 낡은 구두 밑창
에 흙을 묻힌 고단함과 삶의 전모를 형상하고 있다.

화자는 구두에서 주름 접힌 중년의 얼굴을 떠올리다가, 순간적으
로 인간이 태어나서 죽는 전체 인생사에까지 주제를 확장시킨다.
그 인생사의 어느 지점에 놓인 정년의 가장인 화자가 보인다고 한

다. 낡은 구두와 중년의 가장, 중년의 얼굴과 인생사를 서로 교합
시키면서 한편의 시로 형상하고 있다. 낡은 구두라는 사물을 자세
히 관찰하여 얻은 수작이다.

시는 새로운 발견이다. 낡은 구두에서 중년 가장의 주름 접힌 얼굴
을 발견하는 것이 시다. 그러나 이 발견은 사물을 잘 관찰했을 때
얻어지는 것이다. 아래 시 〈배꼽〉 역시 관찰에서 얻은 시 한편이다.

> 그 깊은 우물 속을 은밀히 들여다본다
> 최초의 목숨 열림이 있던 신비한 좁은 문
> 비밀스런 사랑 자리이다
>
> 두레박으로 퍼 올리면 될 성싶은 물 샘 같기도 하고
> 뜨겁게 달아서 넘치는 불 화산 분화구 같기도 하다
>
> 질곡의 세월 흔적 따라 삶의 숨소리가 낀 자리
> 함부로 말하지 못할 천기누설을 숨겨 둔 곳이다
>
> 생명, 그 깊은 중심 자리
> 나는 나의 우물 속으로 빠져들어 숨소리 듣는다
> 탯줄로 이어 온 그 깊은 연蓮의 배꼽을 본다

ㅡ 〈배꼽〉 전문

화자는 배꼽을 자세히 관찰하고 있다. 그래서 배꼽을 우물로 비유한다. 은유다. 이 은유된 배꼽은 최초의 목숨이 열린 곳이고, 신비한 좁은 문이며, 비밀스러운 사랑 자리인 것이다. 또 두레박으로 퍼 올리면 될 성싶은 샘이기도 하고, 뜨거운 분화구 같기도 하다. 삶의 숨소리가 낀 자리이기도 하고, 천기누설을 숨겨 둔 곳이기도 하다. 생명의 깊은 중심 자리이기도 하다. 배꼽에 대한 관찰과 사유를 통해 배꼽을 원관념으로 여러 가지의 비유를 적실하게 진술하고 있다. 이 시는 사물 a를 사물 b, 즉 배꼽을 우물로 완전히 전환시키면서 시성을 획득한다.

이런 전환 방식의 시는 〈차, 폐차장으로 보내며〉에서도 나타난다. 무생물인 차를 생물인 소나 말로 완전 전환시킨다.

차, 가기 싫어하는 몸짓이구나

어릴 적 우연히 본 도살장에서
눈물을 흘리며
죽기 싫어하던 늙은 소의 몸짓이구나

유턴할 수 없는 폐차처분 결정
아! 잔인하구나

차, 오던 길을 되돌아가자며 눈물 흘리던
꼭 그때 늙은 소의 체념한 듯 눈빛이구나

만났다가 정들었다가 헤어진다는 것이
사람과 별반 다름없으니 참말 미안하구나

그동안 나는 눈물 나도록 사랑했었다만
이것이 만남이고 헤어짐이라는 것이구나
너의 눈물을 더는 닦아 줄 수 없는 인연이구나

잘 가라 행복했다 나의 愛馬여

— 〈차, 폐차장으로 보내며〉 전문

무생물은 생물로, 생물은 무생물로 비유하여 언어의 낙차를 크게
하면 독자의 상상력을 자극하고 추리력을 확대시킨다. 이런 비유
언어 간 낙차는 독자에게 시 읽기의 재미를 갖게 한다. 화자는 폐
차장으로 보내는 차가 폐차장으로 가기를 싫어하는 몸짓을 한다
고 한다. 헌 차지만 정든 차를 보내기 싫어하는 화자의 마음을 반
영한 것이다.

이런 폐차를 보면서 화자는 어릴 적에 우연히 도살장에서 눈물을 흘리던 소를 생각한다. 도살장 앞에서 눈물을 흘리면서 죽기 싫어하던 소의 몸짓을 연상하는 것이다. 차와 소를 동일화한다. 화자는 차가 감정이 없는 무생물일지언정 "만났다가 정들었다가 헤어진다는 것이/ 사람과 별반 다름없다"고 한다. 그래서 폐차장으로 차를 보내는 마음이 미안하다는 것이다.

시 〈가지 꽃〉은 시인의 가족사로 상정되는 동생의 죽음을 쓴 시다.

밭고랑 사이로 핀 파란 가지 꽃을 보니
그 아이가 생각난다

빗방울이 후두둑 가지 꽃을 적시던 날 밤
아이는 묵은 가마때기로 둘둘 말린 채
허름한 나무 지게에 얹혀서 앞산으로 떠갔지

파란 얼굴색 내내 홍역의 열병을 앓다가
간다는 소리 없이 싸늘히 그리 떠나갔음에
나는 사랑했다는 말 한마디 미처 나누지 못했다

뚫어지고 해진 문풍지 사이로 비 내리던 날 밤을

오늘 이렇듯 생각하게 될 줄 꿈에도 몰랐던 나는
뒷들 가지 꽃이랑 종일 말없이 비에 젖고 있었지

다시 쪼그려 앉아 파란 가지 꽃을 보니
세상 잠시 왔다가 떠난 슬픈 내 동생이 있었다

가지 꽃
그날처럼 빗물에 젖어 파랗다

— 〈가지 꽃〉 전문

시인은 가지 꽃에서 오래전에 죽은 동생을 연상하고 있다. 어느
날 밭고랑 사이에 핀 가지 꽃을 보니까 "세상에 잠시 왔다가 떠난
슬픈 내 동생이 있었다"고 한다. 홍역을 앓던 동생은 빗방울이 "가
지 꽃을 적시던 날 밤"에 죽어서 가마니에 둘둘 말려서 지게에 얹
혀 앞산에 가서 묻힌 것이다.

죽은 동생에게 화자는 사랑했다는 말 한마디 나누지 못했다고 한
다. 비가 오는 날 화자는 뚫어진 문풍지 사이로 비가 내리던 날 밤
을 생각하고, 그러면서 비에 젖는 가지 꽃을 보면서 죽은 동생을
생각한다. 그러니까 비와 가지 꽃이 죽은 동생을 생각하게 하는

연상 기재가 되는 것이다.

시인은 기억을 팔아먹고 사는 상인이다. 그런데 기억은 항상 머릿속에 맴돌고 있는 것이 아니라, 저장고 깊숙이 숨어 있다가 연상 기재를 만났을 때 그것과 연관되어 실타래처럼 따라 나오는 것이다. 모든 기억이 다 그렇다. 그래서 경험이 중요하고 한 경험이 다른 경험을 불러와 서로 충돌하면서 시공을 넘나드는 이야기 구조를 만드는 것이다.

박병일의 시에는 인생을 비유하는 시들이 상당수다. 시 〈코이〉와 〈전공電工을 보면서〉에 인생 비유 방식이 독특하게 나타난다.

> 삶살이 순리대로 살다 보면
> 헐어 아픈 자리도 어느 때쯤엔 낫겠지
> 이왕에 외면할 것도 피할 것도 아닌 세상살이라면
> 꿈이 있기에 그 꿈을 위해서
> 미치도록 환장할 속 참을 대로 참고 꾹 참아 보는 것이지
> 그렇지, 지금 아파 볼 때로 아파 보자 하며
> 큰 강江으로 거슬러 가고 있는 이유인 게지 코이는

—〈코이〉전문

하늘 고공을 가로지르는 외줄 고압선에
꿈틀거리는 점點 하나로
전공電工이 대롱 매달려 있다

인간 세상 삶살이
저처럼 죽을힘을 다해
저처럼 목숨 걸고 살아가야 하는 것이다

우리 산다는 것이 저처럼 줄을 타며
목숨을 하늘에다 저당 잡힌 채
하루하루는 살얼음판 외줄 위를 타고 있는 것이다

바라볼수록 소름 돋아 아찔하다
만만찮은 높이에서 느껴지는 아슬아슬함
아! 저 모습이 우리 세상 사는 사람들의 모습인 것이다

옳거니 목숨 걸고 죽을힘을 다해 살아가는 게
세상 삶살이라는 것이구나 싶은 게
또 한 수 인생 공부를 배운 날이었다

빨간색, 하얀색 둥근 공을 번갈아 하늘에 매달며

위험한 고압선을 타고 작업을 하는
꼭 곡예사 같은 전공電工을 보면서

－〈전공電工을 보면서〉전문

시인이 각주를 단 것처럼 코이는 민물에 사는 잉엇과로 관상어다. 작은 어항에 넣어 기르면 5㎝밖에 자라지 않지만, 커다란 수족관이나 연못에 넣어 기르면 25㎝까지 자라고, 강물에 방류하면 1m까지 성장한다고 한다. 사람이 자라는 데 환경이 중요하다는 말을 할 때 자주 쓰는 비유이다. 〈코이〉는 시인이 지금까지 살아오면서 체득한 인생에 대한 나름대로의 관념이다. 순리대로 살다 보면 아픈 자리도 아문다는 것과, 이왕에 외면하거나 피할 자리가 아닌 세상살이라면 꿈을 위해서 미치고 환장하도록 힘들더라도 참아 보는 것이라는 거다. 코이의 생물학적 특징을 인간의 성장과 비유하고 있다.

〈전공電工을 보면서〉는 화자가 고압선 공사를 하를 하고 있는 전공을 보고서 착상한 것이다. 전공의 작업 광경을 보고 느낀 것은 "인간 세상 삶살이／ 저처럼 죽을힘을 다해／ 저처럼 목숨 걸고 살아가야 하는 것이다"라는 인식이다. 인생이라는 것이 전공처럼 줄을 타며 목숨을 하늘에 맡기고 하루하루 살얼음판을 걷거나 외줄을 타는 것이라고 한다.

전공이 하늘 전압 전선에 매달린 모습은 바라볼수록 아찔하여 소름이 돋는다. 결국 화자는 위험한 고압선을 타고 작업을 하는 전공을 보면서 세상 삶이 무엇인지 인생 공부를 한 날이라고 한다.

〈코이〉가 물고기의 생물학적 특징을 인생에 비유한 것이라면, 〈전공電工을 보면서〉는 전기공원의 위험한 작업을 보면서 새삼 인생이 무엇이라는 것을 깨닫는 것이다.

바닷가 출신이어서인지, 그의 시에는 바다 제재 시가 많다. 바다처럼 시원한 문체로 바다를 형상하고 있다. 아래 시 〈난 창포말등대가 있는 그곳에 갔었다〉는 과거를 되돌아보면서 쓴 시다.

난 그곳에 갔었다
해파랑길 따라 수평선 바다와 바람결이 포근했던 그곳

솔나무 이파리들 취한 듯 기울어 젊은 날 내 슬픈 얼굴
가려 주던 그곳
다시는 아니 올 듯한 시간 속 세월의 수채화가 남아 있
는 그곳이었기에

외로움을 껴안고도 외롭지 않고

고독을 품고도 고독하지 않았던 그곳이었기에

행복한 용기와 따뜻한 사랑의 묵언黙言이
더 나를 이끌며 눈물 나게 일으켜 주던 그날 그곳이었기에

난 그때 내 눈물을 닦아 주던 그 바다와 등대가 보고 싶
어서
다시 난 창포말등대가 있는 그곳에 갔었다

— 〈난 창포말등대가 있는 그곳에 갔었다〉 전문

시인의 각주에 보면, 창포말등대는 경북 영덕 해맞이공원에 있는
등대 이름이다. 화자가 과거에 갔었던 곳이다. 등대는 수평선 바
다와 바람결이 포근했던 곳이었다. 그곳은 소나무가 화자의 젊은
날의 슬픈 얼굴을 가려 주던 곳이었고, "세월의 수채화"가 남아 있
는 외로움과 고독을 달래 주던 곳이었다. 화자에게 용기와 사랑을
주던 곳이었다. 이 눈물을 닦아 주던 바다와 등대가 보고 싶어서
화자는 등대에 갔었다는 것이다. 화자에게 바다는 슬프고 고독한
청춘에 의지가 된 서정적인 장소인 것이다. 현재 시점에서 등대를
통해 청춘을 회고하고 있다.

박병일은 바다 친화적 시인이다. 바다 제재의 시가 많고 바다와 자연스럽게 감정이 교환되는 시들이 많다. 시 〈청진리에는〉에서 바다는 사람처럼 말을 들어주는 바다다. "물빛 곱게 노래도 부르"며 "혼자 우울해 있으면 파도로 달려와 눈물을 닦아 주기도" 한다. "사람의 말을 귀 열고 들어 주며 이해해 주는 바다"이고 "사람처럼 대화를 나눌 수 있는 참말 좋은 바다"다.

박병일의 시는 위에 언급한 서정적 어조의 시들과 다른 비판 의식을 담은 시들을 곳곳에 배치하고 있다. "사람들은/ 서로 친하게 인사 나누기보다/ 그저 기계와 대화 중/ 대합실 TV 아니면/ 스마트폰에 눈이 꽂혔다"라고 문명을 비판하거나, "개犬들이 무리 지어 또 짖기 시작했다// 캄캄함 밤 그기 벌판에서/ 컹컹 월월/ 서로 잘났다고 목청을 높이고 있다"라고 하며 정치 세태를 비판한다. 〈우리 동네에는 작은 다방 하나 있다〉에서는 커피 배달을 하는 동네 다방 여주인의 이야기를 성적 농담을 섞어 재미있게 들려주고, 〈여러분〉은 동네 방송형 멘트를 통해 구어적 진술을 극대화한다.

살펴본 바와 같이 박병일의 시들은 생활감정을 일상 언어로 쉽게 표현하여 잘 읽히고 재미있다는 큰 장점을 가지고 있다. 그리고 다양하고 폭넓은 제재를 활용하여 시를 읽어 가면서 보통의 시집들이 가지고 있는 제재의 단조로움을 벗어나고 있다. 시의 공간

역시 전국의 지리와 바닷가와 농촌, 다방과 전시장, 버스 터미널 등 폭이 넓어서 시 읽기의 지루함을 잊게 한다. 가족 제재를 시로 형상하거나 사물이나 사건을 인생에 비유하는 데 능숙하고, 문명이나 강한 세태 비판도 엿볼 수 있다. 특히 많은 시들 가운데 구어적 진술이 그의 시를 잘 읽히게 하는 독특한 역할을 한다. ■